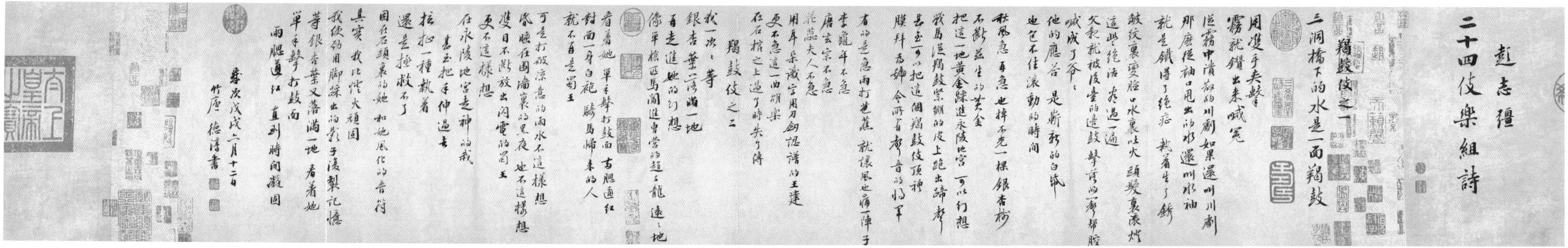

彭志强的诗《羯鼓伎二首》 题写：姚德淳

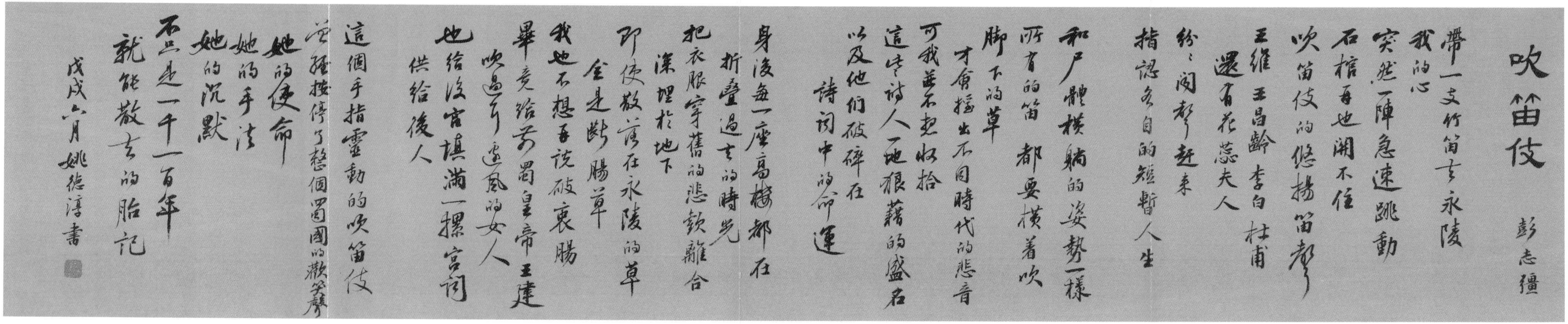

彭志强的诗《吹笛伎》 题写：姚德淳

释文摹拟：《毛泽东诗词》 落款：释文摹拟

二十四伎乐

彭志强 —— 著

人民日报出版社

图书在版编目（CIP）数据

二十四伎乐 / 彭志强著 . -- 北京：人民日报出版社，2019.4
ISBN 978-7-5115-5950-0

Ⅰ . ①二… Ⅱ . ①彭… Ⅲ . ①诗集－中国－当代
Ⅳ . ① I227

中国版本图书馆 CIP 数据核字（2019）第 064889 号

书　　名：	二十四伎乐
作　　者：	彭志强
出 版 人：	董　伟
责任编辑：	陈　红　黄慧琳
装帧设计：	左左工作室
出版发行：	人民日报出版社
社　　址：	北京金台西路 2 号
邮政编码：	100733
发行热线：	（010）65369509　65369527　65369846　65363528
邮购热线：	（010）65369530　65363527
编辑热线：	（010）65369844
网　　址：	www.peopledailypress.com
经　　销：	新华书店
印　　刷：	北京中科印刷有限公司
开　　本：	880 mm×1230 mm 1/32
字　　数：	100 千
印　　张：	7.125
印　　次：	2019 年 7 月第 1 版　2019 年 7 月第 1 次印刷
书　　号：	ISBN 978-7-5115-5950-0
定　　价：	58.00 元

以诗为史,以史为诗

序彭志强诗集《二十四伎乐》

吉狄马加

四川诗人众多,风格迥异,而青年诗人更是头角峥嵘,千帆相竞。要想在这样的写作情势下还能够有所作为,写作者就必须具备特殊的能力和眼光,必须重新开辟出一条属于自己的诗歌之路。而彭志强就属于这样的诗人,他不断在寻求特异的诗歌之路。具体言之,就是他已经找到并确立了"以诗为史""以史为诗",相互求证、彼此打开的立体化的写作方式。

以前读彭志强诗集《秋风破》的时候我就已经感受到了这一点,而其即将出版的诗集《二十四伎乐》仍非常鲜明地体现了这一话语方式和诗歌风格。

《二十四伎乐》这部诗集由一首长诗和两个主题性长篇组诗构成。无论是《将军令》还是《风吹永陵》《二十四伎乐》,都凸显了彭志强个人化的历史想象力以及综合的写作能力。

这些诗歌无疑都指向了历史的深处，带有回溯和叩访的性质。与此同时，这些诗又是诗人的个体精神和思想能力深度参与的结果。这一深度参与体现为彭志强在诗歌、散文、札记以及诗歌传记等不同的文体上，彼此呼应而又相互砥砺。

具体到《二十四伎乐》，彭志强不仅阅读了大量的相关历史典籍（《二十四伎乐》更是涉及音乐、舞蹈、石刻文化等方面），而且通过两年多的田野考察获得了更为直观的"物证"和真切感受，显然后者更为重要。确实，如此紧密关涉了"史"的诗歌方式，必然需要诗人具备大量的历史知识储备，同时，更为关键的，是要求诗人具备深刻的思想能力和对话能力。由此，在历史与当下的精神共振中，诗歌才能发出更为有力和长久的回响。

彭志强的这些诗不只是再现和复活了一段历史，而是在个人情感、智性和想象力的深度参与之后，经过过滤、重构、提升甚至变形，生成了语言化、修辞化和想象化的历史空间。这样的历史碎片和个人意志相互发现的打开方式和诗歌话语方式无疑是综合的、有机的和立体的，是光影交织、虚实相间、背景宏阔、意象丰富的。这样的诗既有坚实的骨架又有丰盈的肌质，既有个人化的历史想象能力又充盈着诗人个体生命的体温乃至诗性和哲思的深切观照。

也许，彭志强的诗歌写作雄心正在于做一个史家中的诗人和诗人中的史家。历史具有了诗性就更富有意味，这既是阅读和考察，也是凝视和对话。

而在诗歌的体式上，彭志强也是非常自觉的，这体现了一位诗人的成熟。长诗《将军令》以及由16首组诗构成的《风吹永陵》都采用了双行体的诗歌样式，形式感突出而又结构完整、层次清晰。

说到长诗，我还想补充一点。在一个愈益碎片化而无限强调个人化写作的语境中，诗人的风格和诗歌的特质反而被整体消解了，而长诗作为一种整体性写作，会弥补这方面的缺陷。所以，在一定程度上，可以说长诗写作是挣脱碎片化写作的一个有效途径。从长诗的角度来看彭志强，他已然获得了一些比较突出的成绩。

一切景语皆情语，物象正是心象。彭志强的诗既是历史的，更是诗性的，其诗时空阔大而又直抵当下和世事人心。

此时，我想到了彭志强长诗中的一句："风吹豹子脸上的皱纹。"豹子和风，正是诗人和历史、生命和时间的互动关系。以诗为史，以史为诗，正是彭志强的诗歌追求。希望他能够继续开拓和深入挖掘，在属于自己的诗歌道路上不断精进。

是为序。

2019年3月于北京
作者系中国作家协会副主席、鲁迅文学院院长

自序

纸上重返丝绸之路

诗集《二十四伎乐》创作杂谈

彭志强

最近几年，我都在纸上重返丝绸之路，并借助这条路上的唐诗之光创作了诗集《二十四伎乐》。行走考察这条由汉武帝派遣张骞出使西域开辟的陆上丝绸之路，实际上也是我沿着唐朝宫廷乐器的足迹返乡，探究唐诗的辽阔边疆。其间，音乐气息浓厚的一首首唐诗如同我探访"一带一路"多个诗歌通道的通行证，不断延展着我的眼界，不断滋养着我的新诗，不断生发着我的想象力。对我而言，用诗集《二十四伎乐》回望"一带一路"，就是诗歌与乐舞的携手返乡。

俗话说，条条道路通罗马。"一带一路"所指的陆上丝绸之路，如果带上唐诗从长安（今西安）出发，经凉州、酒泉、敦煌进入西域诸国，我以为如此到达的终点罗马，才是真正彰显中国文化自信的罗马。因为这条丝绸之路，连接着来自中国丝绸、瓷器、诗歌的辉煌。尤其是吸纳西域乐舞而孵化的《琵琶行》《长恨歌》《霓裳羽衣舞歌》(一作《霓裳羽衣歌》)等脍炙人口的唐诗,将中国的诗与歌合体、壮大,远播世界各地。事实上,代表中国诗歌巅峰的唐诗,也是世界诗歌的"珠穆朗玛峰"。

我的纸上丝绸之路,主要是考察曾经盛行于唐朝宫廷的琵琶、箜篌、觱篥、羯鼓、铜钹、贝等西域乐器生存的土壤、迁徙到中国的发展,以及它们催生的唐朝音乐诗篇背景。之所以要以诗歌的名义去寻根乐舞的故乡,是因为成都永陵博物馆石刻浮雕"二十四伎乐",这24个蜀宫乐伎以及她们手中的乐器正源于这条陆上丝绸之路。她们将唐音托付终身于石头,至今存在了1100周年,成为全国唯一保存较为完整的宫廷乐队石刻浮雕。

某种意义上说,成都在唐朝便是音乐之都、诗歌之城,就因为这些来自西域诸国的乐器,早就让成都人的骨子里有了诗的情怀和音乐细胞。吉狄马加说,成都是诗歌与光明涌现的城池。雷平阳说,成都是用诗句筑起的城郭。他们有一个相同的指向:成都,诗意淋漓之城。而成都历史上的很多名诗,还多跟音乐有关。比如诗圣杜甫在《成都府》《赠花卿》两首诗中书写的"喧然名都会,吹箫间笙簧""锦城丝管日纷纷,半入江风半入云",就是成都作为唐朝"音乐之都"的诗意收藏。到了王建于907年在成都建立的前蜀王朝,所奏宫廷乐舞更是盛况空前,可以直追唐玄宗引领的盛唐气象。时有前蜀诗僧贯休

（《寿春节进大蜀皇帝五首》）的"家家锦绣香醪熟，处处笙歌乳燕飞"，宋代也有学者张唐英（《蜀梼杌》）的"屯落间巷之间，弦管歌诵，合筵社会，昼夜相接"，对蜀地民间音乐的繁盛进行过形象化的描绘。前蜀皇帝王建宠爱的琵琶、箜篌、觱篥等西域乐器，这些闪亮一时的蜀地唐音，经花蕊夫人、韦庄等人之手，还催生了一个承唐启宋的花间词派。这些来自丝绸之路的诗意乐器，在王建棺床上，几乎填满了我长达两年的周末生活。"西域迁来的蚂蚁睁大了瞳孔／二十四个乐伎全被欢喜凝固"，痴迷于石刻西域乐器多年，我曾脑洞大开冒出这样的诗句，流连忘返于丝绸之路的某个唐诗通道，有时乐不思蜀，有时也乐在思蜀。

反思唐诗为何就能成为一览众山小的"诗歌的珠穆朗玛峰"，我的手指会拢、捻、抹、挑，仿佛在横抱琵琶弹琵琶。其实，唐诗尤其是唐朝音乐诗的广泛流传，主要在于歌者、舞者、乐伎的身体力行。单就李白、杜甫、王维这三大盛唐诗人而言，他们的诗歌便离不开大唐第一歌手李龟年的反复吟唱。而我们一提到白居易的名字，脑海里会立即跳出《琵琶行》《长恨歌》等表现唐朝西域乐器、舞蹈的诗歌名篇，就因唐诗与唐乐、唐舞相互成就。自带韵律的唐诗、利于放歌的宋词，至今传诵不衰，可以说皆是诗与歌的合体发力之功。

现今的诗则和歌分家许久了，一个在彼岸，一个在此岸，难以遥相知音。为追踪音乐里的唐诗，探寻诗歌的音乐性，我最近几年重返丝绸之路创作诗集《二十四伎乐》，试图给自己的诗注入一些音乐、舞蹈等有跳跃性和节奏感的新鲜元素。"吹的那支法曲离开海螺，/ 追随者跟着呜呜声走远。// 丝绸遗忘的路，/ 衣锦无法还乡。// 内心新生的疑惑，再掏空一次。/ 我把空出的地方，重新叫作贝。"在追寻"贝"这种西域吹奏乐器经丝绸之路传入中国的踪迹后，我情不自禁创作了《吹贝伎》。尽管我知道这样的新诗难以谱曲，但是它至少嵌入了我的乐感与诗心。而我考察永陵石刻舞伎和敦煌石刻舞伎的舞姿创作的新诗《舞伎》，比如"她是油灯燃烧时的梦。每一次转身 / 都对闯入体内的鼓声过敏。// 英雄奸佞均已到齐，她却还在 / 摇摆不定的火焰中，寻找意外……"等诗句，也就是很单纯地向白居易致敬，向白居易的音乐诗《霓裳羽衣舞歌》致敬，向杨贵妃引领的盛唐西域风味舞蹈"霓裳羽衣舞"致敬。

如此完成的诗集《二十四伎乐》，仅是我重返丝绸之路的一个缩影。虽然它们并非"语不惊人死不休"的作品，但是通过纸上重返丝绸之路，我至少发现了另一个有礼有节有节奏的我。

目录

序言 以诗为史,以史为诗
——序彭志强诗集《二十四伎乐》
吉狄马加　　001

自序 纸上重返丝绸之路
——诗集《二十四伎乐》创作杂谈
彭志强　　004

第一章 将军令

舞阳	004
捏梦	006
杀牛	008
盗驴	010
贩盐	012
借条	014
葬恶	016
匿山	018
豹变	020
品蛇	022
得月	024
近水	026
亮剑	029

将军	032
棋盘	035
色诱	038
吞川	041
啄苔	045
问道	048
礼佛	051
水书	054
宠花	056
榷茶	059
煮词	061
饼归	063
催乐	066

第二章

风吹永陵

永陵神道	070
王建棺床	072
王建石像	074
王建墓冢	076
神武殿	078
圣文殿	079
永庆殿	081
都安井	083
平安钟	085

永平堂	087
怡神亭	089
晚霞亭	091
安泰榭	093
三洞桥	095
平安桥	097
二十四伎乐群雕	099

第三章 二十四伎乐

舞伎一	104
舞伎二	108
琵琶伎	112
拍板伎一	116
拍板伎二	120
弹筝伎	124
吹笙伎	128
铜钹伎	132
觱篥伎一	136
觱篥伎二	140
吹笛伎	144
吹叶伎	148

吹箫伎	152
吹篪伎	156
箜篌伎	160
羯鼓伎一	164
羯鼓伎二	168
吹贝伎	172
正鼓伎	176
和鼓伎	180
齐鼓伎	184
答腊鼓伎	188
毛员鼓伎	192
鞉牢鸡娄鼓伎	196

第四章 群英遣兴

| 诗与史的精神对话 | 202 |

张德明

| 王者之心与伎乐之魂的诗意复活 | 206 |

杨然

第一章

将军令

前蜀皇帝王建詩歌傳記

舞阳

麦子口渴,河就多了几条。
古戏楼有严重的哮喘,无力解释

残阳。这个黄昏的舞者
把我塞进两个人的时间里,舞水。

澧河、唐河、沙河、泥河……
都是公孙大娘舞动的飘带。

它们比长调还长。
人追人,尴尬是前脚落地后脚落空。

杜甫和他口中飞出的凤凰,
因为舞姿神秘,死于风疾。

若有风咳嗽,水还会自舞
枇杷成为琵琶那一曲胡旋。

吾提三尺剑,化家为国,
亲决庶狱,人无枉滥,
恭俭畏慎,勤劳慈惠,
无一事纵情,无一言伤物,
故百官吏民,爱朕如父母,敬朕如天地。

前蜀神武圣文孝德明惠皇帝 王建

如今在舞阳烙饼的人,个个魁梧,
仿佛是王建的身影在折叠。

只是他们不会舞剑,
手里仅有巴掌大的国。

我不敢小瞧那些卖不完的饼,
一炉炭火也是迷人心魄的舞。

夜里嚼饼下面,让筷子飞舞。
火会响应,麦子摇晃的辽阔落魄。

《五国故事》载:"蜀先主(王)建,许州舞阳(今属河南漯河市)人也,世为饼师。"王建生于847年,字光图,死于918年。

《通典》称:"舞急转如风,俗谓之胡旋。"此胡旋,为西域康居国传入唐朝中原的胡旋舞。安禄山、杨贵妃皆是跳胡旋舞的高手。

捏梦

落魄,通常在落草处若隐若现。
如同流星搬家,那一刹那。

残月说不清楚隐去的一半,
为何被847年出生的他偷走

烙圆了烙饼,
重圆了破镜。

给面粉加水,揉捏,抹油,烘烤
王建的父亲、祖父都是这样捏梦。

甩出一个庞大的国。
油饼意想不到,他有这种功夫。

会咏春的人认得,
他快似闪电形如虎爪的手。

老虎纵身一跃,峡谷贪婪
正是走不出他眼底的长江。

做一个虎视眈眈的人是很过分。
他用固执纠正兵荒,终结马乱。

他在晚年说起细雨潦草的最初,
举刀,只是让牛避开人乱的世。

杀牛

细雨性子变急,
人心渐渐变乱……

一些牛突然就不吃草了。
乡村安静得像一块废铁。

磨刀,让霍霍的声音先杀死
牛的焦虑。

不用两面三刀,就一刀解决
牛闭眼的问题,胆练大的问题。

大河的报告书都是血流而成。
急雨,只是清运血迹的环卫女工。

雷声如鼓,负责追悼牛的身后事,
密不透风的悼词,用来掩没贫穷。

深山里，古寺旁，钟声撞了又撞。
又肥又大的钟声最易撞破胆识。

先是云雾破，接着屠刀破，然后
是香火破，他不认识的经文破。

泥胎破开美人，低眉破出慈母。
他发现唐朝的女菩萨，心特别宽。

不用立地成佛。不用戒酒戒肉。
因为众生体胖，谁都藏有暗疾。

盗驴

暗疾,来自一次盗驴。
月亮是他的作案工具。

听说有人在白天指鹿为马,
他就偏偏在夜晚读鹿成驴。

贼,这个字,他并不认识,
更离心脏很远。

有黑夜这件宽大的外衣掩护,
顺手牵驴,心虚,却不虚空。

英雄多是自寻出路。
日出之前,他得完成正常的心跳。

因为一日三餐,锅里碗里瓢里
全靠这只驴来拯救失眠的盐。

偷别人的驴，让别人无驴可吃。
他用盐的无辜发明另一个无赖。

贩盐

盐的失眠,与人体缺水症状一致。
岩石也是这样渴成峭壁。

扎心,是因为乱世的伤口多
无盐可撒。

不要说盐,咸口。
不要批诗,无力。

许多晚唐的诗,读来不咸不淡,
正是缺盐少痛。

走在贩盐的路上,他选择夜色陪伴。
腹泻的树和耳晕目眩的草选择陪他。

这些温暖,难以发现。
是因为温暖原本无形。

更多时候,舞阳的十多条河
不再用来捕鱼。

而是围捕一颗心,
跳出体外的盐贩。

夜路看似夜色染黑的路,
实则一座无尽头的迷宫。

吃的盐比走的路还多的人,
终于给路让路,成了哑巴。

熬夜,他把这条路都熬熟了,
还是没熬出头,和光的前程。

或因监狱没有打出借条,
乡里人总说他去向不明。

《新五代史·前蜀世家》载:"王建……少无赖,以屠牛、盗驴、贩私盐为事,里人谓之'贼王八'。"

借条

借条,其实一直放在许州狱
已不存在的时间里。

钧瓷因此放弃了黑、青与铜绿
借用釉面的铜红控制火

烧掉自己的秘密。
秋风捣腾千秋,也没有查出真相。

至今还在许昌翻滚的秋风,
比一个朋友的痛风痛多了。

像是做了太多亏心事的人,
内心的天空,从未寂静过。

许昌春秋楼,一半阴一半阳。
人照不亮的阴,就得借光。

从暗到明的暗,是后来的将军
给当年明月打的借条。

一杯茶水入夜,忽闻箜篌竖悲,
那说不尽人间事的胡弦

像一把扭弯的剑。
正将它收藏的杀气释放。

《十国春秋·前蜀》载:"(王建)被罪系许州(今河南许昌)狱,吏纵之去……"
《通典》载:"竖箜篌,胡乐也,汉灵帝好之,体曲而长。二十二弦,竖抱于怀……"唐朝流行弹奏竖箜篌,其弦谓之胡弦。

葬恶

火还没有用来葬人。那时
水会选择风的源头

让死去的人和离身的灵魂
相约:归乡。

寻此源头如同寻宝。
王建深知自己杀气太重,难寻。

他只相信掘地三尺,
才能掘出一颗孝心,

放稳的棺材是安心。
可是风却抬棺而出……

如此传神的传说,舞阳的水
编造不出来。

把书中人和亡命人
都能说活的说书人

才有这本事——
"此天子地,汝小民何容卜葬!"

幻想都能埋葬!
何况一颗孝心?

按住风。按住风。按住风。
只有这样。克服谣言。

会飞的泥土才会稳固。
他遭人厌恶的恶才能安葬。

《十国春秋·前蜀》载:"常葬父,发地数尺而瘗,棺辄跃出,有神人语之曰:'此天子地,汝小民何容卜葬!'(王)建不听,竟葬之,棺复跃出,如是者三,乃克葬。"

匿山

在武当山,嘶鸣是缰绳释放的白马
把黑夜跑成的黎明。

舌头缩在嘴里,
白米瑟瑟发抖。

春风来不及原谅
一场未命名的雪。

蜡梅恐慌之处,是他的寂寞
提前结的冰。

将忐忑匿在山腰。
将野心藏于血管。

直到树偷走足够多的光,是非颠倒
他才大步走进仙人指的路。

菩萨观心，应弦。
僧人看手，应鼓。

这些先知先觉的人，都在喊他
提气，把走不动的雾一剑劈开

让肉中骨和不甘心，一一凸出
额头上的豹斑。

《十国春秋·前蜀》载："（王建）亡匿武当山。遇僧处洪，以相术奇建曰：'子骨法甚贵，盍从军自求豹变。'建感其言，因隶军于忠武（忠武军驻地河南淮阳）。"

白居易《胡旋女》："胡旋女，胡旋女。心应弦，手应鼓。"

豹变

淮阳,脱胎换骨成县。
源于雨后梨花的诛心。

风吹豹子脸上的斑纹,皱成旧信。
淮河孵出的颍河早已适应。

老茶树翻身,不再激情。
我在这里品茶,会友,访古问今。

聊到王建在此起事那些事,
淮阳的老茶仍能暖出新意。

豹变,如今是豫剧剔除肠油喷火,
过去是听话的颍河印证他的卦象。

河水给他塑的像,不虚妄。
在河南有一樽,还酹江月。

石头给他塑的像,在成都永陵
代表九五至尊,快被秋风玩坏。

它们都是梨花酿的酒。
用来陶醉酒杯,戏水。

区别在于青铜鼎沉入泥沙之下,
入海就未回头的黄河还在自醉。

苏轼《念奴娇·赤壁怀古》:"人生如梦,一樽还酹江月。"

王之涣《登鹳雀楼》:"白日依山尽,黄河入海流。"

品蛇

蛇的妙处,不在于啖肉,
而是钻进一些意想不到的秘洞。

比如王建日行千里那条蛇,
便抵达过一匹战马的虚空。

山洞最多帮它完成高质量的睡眠。
马腹这个秘洞,却让它走得更远。

由此可见,马的容忍度,
和蛇的坚忍力都很可怕。

甚至可让牢骚满腹的人崩溃。
万籁俱静,就还给崇山峻岭。

蛇跟着马穿越的路越长,
时间统治的边疆才更远,更大。

这条蛇在我看来还是魔术师，
因为它能幻化出更多的未知。

给人惊喜的程度不亚于，
花蕊夫人在宫词里打开的迷宫。

《新五代史·前蜀世家》载："黄巢陷长安，僖宗在蜀，忠武军将鹿晏弘以兵八千属杨复光讨贼，巢败走，复光以其兵为八都，都将千人，建与晏弘皆为一都头（都将，也称牙将）。"

《十国春秋·前蜀》载："王建在忠武军做部将期间，讨伐尚君长于山东，力战马毙，剖之得一小蛇于马腹，从此自负。"

得月

把明月拿走的东西取回来,很难。
唱豫剧无用,我选择唱秦腔。

用李龟年的喉咙唱:安禄山的野心,
杜甫的忠心和李白不回头的决心。

被唱回的时间才是文物,
尚可在当铺当个好价钱。

出手阔绰,得让水勇敢,掀浪。
穷怕了的山才应那些滔天巨浪。

无人之境过于胆寒。
王建走在失去的城池里,望穿秋水。

用野心勾杀野心。
一匹野马证明了——

从列校、都将,到随驾卫将军
只有忠于皇帝,才是得月近水。

更多手持八百里加急文书的人
跑断了气,也未盼来明月。

《新五代史·前蜀世家》载:"(王)建与晋晖、韩建、张造、李师泰等各率一都,西奔于蜀。僖宗得之大喜,号'随驾五都',以属十军观军容使田令孜,令孜以建等为养子。"

近水

明月住在深山里
捆绑我们的乡愁

也捆绑许多挣脱不开的梦。
需要卸掉古人用旧的佳句

走进近水。
让近水生出新雨,育出新愁。

沾满灰尘的楼台、栈道和万重深山
才能被这样的近水洗净。

江山才会松绑,
重现三尺神明。

近朱者赤,就在于近。
赤红捷径,是朱砂繁衍的近水。

近墨者黑,也在于近。
黑夜这个大砚台,是墨汁磨出的近水。

我把李儇御赐给王建的黄袍
诠释为近皇成皇。

没有皇这种最好的近水,
他琢磨不透近水秘密新生的秘密。

他牵皇马的绳,捏出的是
一种叫作爱将的近水。

他护玉玺的手,握稳的是
不再转瞬即逝的近水。

枕边月,床前光,地上霜
886年重叠在当涂的长江。

李白洗白之地,
一时黄月满江。

后来走镖的人也曾迟疑:
夜色不黄,鲫不过江。

坂下的烧烤摊至今还在冒烟……
我一个人点了三碗蘸水

一碗留给李儇,一碗留给王建
另一碗用来写诗,名叫:近水。

《新五代史·前蜀世家》载:光启元年(885),唐僖宗李儇返回长安,命王建等人统领神策军,宿卫宫中。不久,河中节度使王"重荣与令孜争盐池,重荣召晋兵犯京师,僖宗幸(逃往)凤翔"。光启二年(886)三月,(从长安)"移幸兴元,以建为清道使(古代帝王出巡时的侍从官),负玉玺以从。行至当涂驿,李昌符焚栈道,栈道几断,建控僖宗马,冒烟焰中过,宿坂下,僖宗枕建膝寝,既觉,涕泣,解御衣赐之。"

亮剑

把住宅、坟墓、存折、梦想……全部
靠近水。有人想让水比人更听话。

说水生财。一边倒的笃定,
其实是悬空的高楼寻短见。

如果把剑悬空,水才会盲从。
在广元得水的王建就是这样,望蜀

亮剑。后来,他的《诫子书》
标注过:化家为国的三尺剑。

在广元剑门关,烂豆腐是剑,
砍柴人脚下走远的路也是剑。

吹不散的雾是暗剑。
赶不走的云是浮剑,又名机关。

卸掉杜甫裹着秋风的落魄剑，
砍走李白难上青天的茫然剑。

还叫利州的广元
遍地皆是春风剑，压低的草。

刺史，不过是他
一剑刺偏的历史。

剑走偏锋向南画了一个圈，
嘉陵江水，皆成他的利剑。

取阆州，如狼吞川北米粉。
招子信，像虎咽田令孜送错的兔子肉。

陈敬瑄的酒杯里，有药。
芙蓉蒙头大睡的后悔药。

剑，是性格多变的武器。
他一发怒，鹿头关破，汉州破。

绵竹生育的竹,

从此视为破竹。

叫作政治的地震,在东川刚摇,

西川就接着下坠。

尘埃在苍茫人世

落脚之处,处处佩剑防身。

《资治通鉴·唐纪七十二》载:"(杨)复恭斥(田)令孜之党,出王建为利州(今四川广元)刺史,晋晖为集州刺史,张造为万州刺史,李师泰为忠州刺史。"

《新五代史·前蜀世家》又载:"建闻(义父)令孜召己,大喜,因至梓州,谓彦朗曰:'十军阿父召我,我欲至成都见陈公,以求一镇。'即以其家属托彦朗,选精兵二千,驰之成都。行至鹿头关,(陈)敬瑄悔召建,使人止之。建大怒,击破鹿头关,取汉州。"

将军

防阆山莺歌,防阆水燕舞,
防众口决堤的绯闻……

阆州滕王阁藏下的奢侈,
将军一直没有设防。

春风原本是唐道袭的舞衣。
霸占。才走出王建的霸道。

川剧上岸,二人袖口各裁断一半。
滚灯下船,嘉陵江水又误了归期。

便嬖。这个女子攸关的词,
从不跟他和他的将军讲理。

后人用它将他们的军。
说是马嵌在肉里的屁。

兰花指，创可贴
都包不住夕阳红。

臭。《新唐书》有响应：
"内宠便僻无所听焉。"

香。想想和珅烂掉的脸，与笑。
苦。岳飞的十二道金牌，是药。

有时是春药。
有时是毒药。

至今不敢用，是因它还有
一个名字叫：狗皮膏药。

这是将军发错的一道命令。
即使错断踝骨，他也认命。

《新五代史·前蜀世家》载:"文德元年六月,以宰相韦昭度为西川节度使。分邛、蜀、黎、雅为永平军,拜(王)建节度使。"

唐道袭,一作"唐袭",是王建887年在攻下阆州(今四川阆中)后收下的舞童,成为心腹,即便嬖(通假"便僻"),死于太子少保高位上争宠,被前蜀首任皇太子王元膺所杀。《新五代史·前蜀世家》载:"秋九月己亥,建乃即皇帝位。封其诸子为王,以王宗佶为中书令,韦庄为左散骑常侍判中书门下之事,唐道袭为枢密使。"

棋盘

乱世如残月。
天上的棋局一片狼藉。

逃亡的繁星闪烁其词,
成为无家可归的游子。

圣旨,是人间最大的棋盘。
上面的千山万水都是棋子。

离心脏太远的山水,
其实皆非可控之棋。

悬空一山,或者一水
落下去。不是死棋,就是棋死。

这是唐昭宗这枚废棋
手中失控的一盘乱棋。

废掉棋盘,
就得将军。

谁将得了别人的军,谁就是将军,
甚至跃升为操盘手:天子。

下棋的人,眼里得有火,焚之。
夺棋的人,口中得有虎,吞之。

命比纸薄的江山才能铸成
铁打的棋盘,承受流水的敲打。

五代十国的王建在剑南道取蜀,
如茧中取蚕。

正是他的三尺剑扬手,
削掉的十分之一棋盘。

《新五代史·前蜀世家》载:"大顺元年(890),建引兵攻成都,而资、简、戎、茂、嘉、邛诸州皆杀刺史降建。建攻成都甚急,田令孜夜入建军,以节度观察牌印授建。随后,建即以兵扼剑门,两川由是阻绝。"

色诱

路原本没有。
往往是风吹叶成路。

草叶走出的路,叫踏青。
树叶走出的路,叫落红。

等风来,遍地是过江之鲫。
若跟风,就如同白驹过隙。

这些路都贵如黄金。
来得快,去得也快。

尤其是银杏叶走出的路,
从嘴边溜出,要大声喊:厚道。

也有人喊它另一个名字:霸道。
更多人是在梦中唱川剧:

"一分钱一分货,
诚实。甩水袖。"

"一分钱两分货,
厚道。如变脸。"

当年在成都攻城,掠池,王建
也用过这种浪漫的路。

开始是踏青,中途是霸道,
结局是落红。他纯属色诱。

《新五代史·前蜀世家》载:"大顺二年（891年）十月，唐以建为检校司徒、成都尹、剑南西川节度副大使知节度事、管内观察处置云南八国招抚等使。"

吞川

在成都,一个奇人能把刀剑吞下
投进盘子里的时间,会多于赏钱。

如同被操纵的流水,与假山
人为的古筝声声慢。

仅仅一夜,满城落叶不见踪迹。
我怀疑是大雪所为。

像人,吃人。
像蛇,吞象。

穿唐装的人越来越多,则是假币
或者假婚嚣张的假象。

人前,细嚼慢咽喧嚣中的寂寞。
人后,狼吞虎咽火锅里的鸭血。

都是老成都人,
口中说的假打。

房子,车子,股票,整形医院……
穿过大街,他们苍白的影子

证明了吸血鬼,
真有巨大胃口。

大慈寺的钟声敲响了,
一块石头迟钝的记忆。

我去永陵看蜀王王建吞下的两川
和浮雕的二十四伎乐。

它们早已面目全非,
为何一直冒着热气?

一千一百岁的石头,
其实也是传说的妖。

我的胡言乱语，恰似他
从北疆带来的胡乐与唐音。

最让我琢磨不透的字，
是他吞下两川的"吞"。

毕竟千里江山和万亩良田
不是纸。

而岷江、金沙江、嘉陵江
也不是线。

他的面目得有多狰狞？
他的胃口得有多浩大？

辛弃疾说的气吞山河如虎，
看来并非夸张得变形的词。

多少古人在成都的告别
没有休止符。

918年这次告别终于戛然而止。
因为他藏在口中的玉熔化的国

不到八年
就被吞灭。

仿佛是落入森林的夕阳，
周公破解不了的字：梦。

《十国春秋·前蜀》载："乾宁三年春二月庚申，唐诏（王）建私门立戟，加兼中书令。秋七月甲寅，唐命（王）建以西川节度使兼东川、信武军两道都指挥制置等使。是岁，赐爵琅琊王。光化四年春三月，唐改封（王）建为西平王。夏四月丁丑，唐改元天复。"《资治通鉴·唐纪八十》还载："天复元年庚辰，加西川节度使西平王王建守司徒，进爵蜀王。"

啄苔

啄食青苔。不一定非得是苏轼
在徐州解救困苦的鹤。

分寸之间理出国富民穷的冯涓
也有这种能力。

他嘴巴尖,谈吐锐,
如啄木鸟。

专啄蜀主王建
一肚子的肥虫。

要是头顶长出苔藓,也啄。
有一年,说桑叶要交税了。

蚕丛部落最后的蚕,
从此走到丝的尽头。

他把冷言冷语泼进
王建正欢快的华服——

"昂藏大步蚕丛国,
曲颈微伸高九尺……"

这不要命的一啄。
酒杯里喝醉的酒,醒了。

知冷知热的群山,不久
就在散去的雾中冒出了桑叶。

《走近永陵》第 95 页《狂傲才子冯涓》载:"冯涓终为王建的诚意所感动,出任节度判官。当时,两川赋税很重,百姓敢怒而不敢言,冯涓借王建生日机会,献上《生日颂》,'先颂功德,继言生民重征之苦'。王建愧谢说'如君忠谏,功业何忧',还赐给冯涓金帛。"

苏轼《放鹤亭记》:"鹤飞去兮西山之缺,高翔而下览兮择所适。翻然敛翼,宛将集兮,忽何所见,矫然而复击。独终日于涧谷之间兮,啄苍苔而履白石。"

冯涓《蜀驮引》:"昂藏大步蚕丛国,曲颈微伸高九尺。卓女窥窗莫我知,严仙据案何曾识。"蚕丛国,即古代蜀王蚕丛开创的蜀地部落。

问道

李白早就说过,蜀道难,
难在青天有道无脚可攀。

偏偏王建信鬼。
青城山,从此多了一条上清道。

用都江堰的水修订李白的鬼话,
上清天。他相信这样的水仙花

既能帮他走出一条霸道,
还能助他一步登天成仙。

他爱泡脚,就用脚气去校对
蜀道上的虚实,与真假。

成都的夜色至今湿气严重,
就因洗脚房多得无法斧正。

用晨钟疏经,用暮鼓活血。
他更爱古意弥漫的按摩。

按出一地浮华,才适合
他在内心的火炉里炼丹。

他也喜欢抬头,望天,发呆,
用星星的各种睡姿占卜吉凶。

想起他一生中最得意的事,
莫过于打下的地盘改叫式盘。

大小徐妃的八卦,与姻缘
应是式盘的方程式,式占而出。

《走近永陵》第88页《道教大师杜先庭》载:"前蜀皇帝王建生前崇佛尚道……唐朝末年,杜先庭受唐僖宗之命,前往蜀中主持道门事务。入蜀以后,杜先庭受到王建、王衍父子的重用,王建赐号'广成先生',王衍赐号'传真天师'。从入蜀到80多岁去世,杜先庭一直在成都附近从事道教活动,并作为皇帝信任的宗教领袖,主持各种重要的宗教仪式。杜先庭也因此成为承唐启宋的道教大师。"

礼佛

人与佛之间,原本隔着一段
生与死的距离。

喝了隔夜茶的人成了佛。
喝了隔夜酒的佛还是佛。

反常。说明改变的不只气候,
还有人心,和看历史的角度。

哪怕是听说茶杯里下雪了。
有人如麻雀在朋友圈雀跃。

像发现昙花一现的昙花。
欢喜,就来自幻想可抱。

而我一悲伤,天才下雪。
这是佛与我的相互诘问。

礼，不在于磕头捐功德的次数，
偏执地吃素，执念佛的名字。

点亮蜡烛，让光在蜡油中举念
佛不语，就是礼。

千年之前的王建，听僧人讲经
在大慈寺端坐成石像

是为礼佛。木杖频敲木鱼
落下的声音，我捡拾起来

去府河边回放给放生的鱼
听，也是礼佛。

家走得很远了，我却并未出家。
缘于一碗燃烧的面是不二法门。

前蜀皇帝王建生前重视佛教,多次在大慈寺等成都寺庙听高僧贯休讲经,在蜀地弘扬佛法。贯休于唐天复间入蜀,向前蜀主王建献诗"河北江东处处灾,唯闻全蜀少尘埃。一瓶一钵垂垂老,万水千山得得来",被前蜀主王建封为"禅月大师"、新建龙华禅院住持,赐以紫衣,时有"得得来和尚"美称。

水书

史书忙不过来。
江水就提笔书写自己。

"904年,嘉陵江是普慈公主
远嫁凤翔的一件嫁妆。"

住在广元千佛崖的一千尊佛,
从龛中起身,用雨水送她。

牺牲,供养,与天空的哭
皆是一条没有尽头的水路。

有人在一滴眼泪中闭关,就是一生。
她至少有七年,眼角才痒。

香火没有油灯的水纹默诵,
我把秋风当作袈裟披上,也痒。

一封休书在911年由水写出。
嘉陵江的潮水又涨了一次。

一群白马在大慈寺卸下经书。
她的父亲王建,泪眼婆娑。

> 天复四年(904),蜀王王建与秦王李茂贞修好,将爱女普慈公主嫁给李茂贞的侄子李继崇。不久,朱温弑唐昭宗李晔,立唐哀帝,迁都洛阳,改元天祐。王建仍使用李晔的天复年号,在成都设立行台,自行任命官员。蜀主之女普慈公主嫁岐王从子秦州节度使继崇,公主遣宦者宋光嗣以绢书遣蜀主,言继崇骄矜嗜酒,求归成都,蜀主召公主归宁。辛亥,公主至成都,蜀主留之,以宋光嗣为阁门南院使。岐王怒,始与蜀绝。

宠花

水走进城市,出了质量问题。
最先紧张的花

往往是恨别,鸟
返回丛林的故乡。

鱼不死于网并不代表国破,
山,河,都在度夕阳的红。

不过,护城的河
因为贪婪而自污。

岷江把它快要废掉的肺
洗了又洗。

才知:夕阳固执,如老人。
一直不同意再续前蜀的弦。

尤其不主张无性的花，
被我挪用来解释阳痿。

只因城墙里的蜀葵举止夸张，
把秋风搂了又搂。

在永陵，我从宫词里掘出
花蕊夫人的红粉背影

给这枝最媚的蜀葵
重新命名：一丈红。

别人一丈之内是夫，
她一丈之内却是王。

二十一年足够王建掏空
全部的心事，成一截枯木。

把花蕊里的爱情宠坏了……
灯火管理的中元节一带就闹鬼，

伎乐 二十四

当家小鬼叫王衍。他于918年
在父亲的尸体上登基。

成都的蜀葵从此多了,
一些小说的色情情节。

花蕊夫人徐氏,眉州(今四川眉山)刺史徐耕之女,大约在898年还是将军的王建破灭眉州时与妹同嫁,后为前蜀皇帝王建宠妃,生子王衍,在王建918年农历六月初一去世后为前蜀后主。

王衍,899年农历七月十五日出生,918年农历六月初二登基。其母花蕊夫人《宫词》:"法云寺里中元节,又是官家诞降辰。"

榷茶

雨水是乌云从甘肃带来的马匹
它们曾喂养一个肥壮的国：唐

茶马古道沿着汶川、茂县
一路深插下去

什么都在交换
就不交换意见

一山又一山的老茶树开出新枝
一江又一江的疲惫水开采春茶

仿佛是秋风住错了山林
青城山峨眉山都改了名

榷茶。换一杯青山绿水
放马过来，给古道正名

榷茶。交了茶税,都好商量
问道找都江堰,论道上峨眉山

买西昌的星星,榷茶。
尝汉源的花椒,得让马先麻木

蜀国都被他承包了,还好意思
说王建垄断的茶市是一家独大?

> 榷,本义为独木桥,引申为专利、专卖、垄断。一般认为,蜀地的榷茶制,是从王建统治大蜀(史称"前蜀")开始,由官方来管控茶叶贸易。王建得蜀后,在甘肃文县、四川雅安和汶川、茂县等地开启茶马互市,用蜀地茶交换甘肃马。

煮词

熬夜，无非是把更多的乌鸦
留下的黑，熬成内心的墨。

凝神，静气，修炼不眠的仙丹
给更多不熬夜的人。

乌鸦说当杯闲茶喝，
那就当杯闲茶喝下，无妨。

我要的是字鲜、词熟，和沸腾的美，
端出的句子才能给意中人温暖。

砚台是知冷不知热的家伙，
过去护送佳句出嫁，全靠毛笔。

如今天气变了，删除繁星就是天黑，
睁开眼睛也是天黑，手指成笔。

煮词,剩下最关键的步骤:
选一口好锅。

得有眼水,
眼界越大,锅就越大。

杜甫满目沧桑,煮词如同熬药,
好在可以用来治我,在人间生的病。

花蕊夫人低头抬头全是宫殿,
煮出的宫词摆脱不了喧哗与浮华。

这些俗艳的小格局,
像是王建晚年的糊涂账和痴呆症。

乌鸦砚墨而成的玫瑰园,
又红又黑。

> 《花蕊夫人宫词》:"五代前蜀主王建妃,姓徐,又号花蕊夫人。生后主王衍,随王衍归后唐,中途被杀,所作宫词,写前蜀宣华宫游乐事,世称《花蕊夫人宫词》。"

饼归

肾不怕亏。肾旁边的心怕
无法弥补的亏空。

尤其是走进夜色不设防线的良心
一旦变黑,真会被狗吃掉。

如今,天文学家不再看天吃饭
仅仅眨一眨眼睛

就知道又是天狗食日,全食
不剩一根骨头,不掉一粒渣。

据说他最后的晚餐,是花蕊夫人
亲手烙制的鸡烧饼。

吃得很香。
吃相似狗。

完全是狼吞虎咽,
迷人的夏日味道。

很像父亲在舞阳街头卖力做饼
给小时候的他甩出的麦香。

只是多了一种女人的体香。
病入膏肓的体香,散发着毒气……

我不想说他被毒死。
更愿意说这是饼归。

因为带着大饼喂养的梦,出来混
天下,终究会还给大饼。

918年农历六月初一，王建在成都去世。《新五代史·前蜀世家》载："光天元年六月，建卒，年七十二。"

关于王建的死因，据《走进永陵》载："918年六月，王建因积劳成疾病逝，享年72岁，谥号'高祖神武圣文孝德明惠皇帝'，葬永陵。"

催乐

琵琶,在马上催
霓裳,在地上催

拍板,在左手催
羯鼓,在右手催

古筝,在胸口催
排箫,在脖子催

树叶,在嘴边催
觱篥,在耳边催

横笛,在竹林催
箜篌,在河上催

法螺,在印度催
铜钹,在柬埔寨催

……秋风这个播音员
一口气播完这些新闻,有点累。

夹杂着南腔北调。
混淆着梦与现实。

时间:907年农历九月二十五日
地点:成都

负责定调的韦庄并不油腔滑调,
他也定不了调。

这糊里糊涂的爱,王建就爱。
死了都要爱。

918年,王衍将它们一一扶上棺床
给幽居永陵的先皇石像享用沧桑。

石头拗不过刀子,很悲观,
二十四伎乐仍在继续风化。

千年之后,蚂蚁回到了故乡。
搬家的月亮因为遗漏了它们

而叫下弦月。
它们成了有形无声的道具。

光天元年(918)冬,十一月,壬申,蜀葬神武圣文孝德明惠皇帝于永陵,庙号高祖。据《走进永陵》记载:"永陵出土文物中,有一件稀世之珍——谥宝,帝王在阴宅地府使用的印玺。印面刻有'高祖神武圣文孝德明惠皇帝谥宝'14字。"

韦庄,诗人,在王建于907年登基时任宰相,负责制定前蜀国家礼制与礼乐。

第二章 风吹永陵

永陵神道

其实谁都可以走。
走过去的人是人。

起雾了,雾越来越大。
走不过去的人才是神。

如果季节也迷路,就有神道
显露文臣武将笏板上的虚空。

芙蓉花,银杏树,都安井水
会统统忘记性别。

森林被折叠成纸。
石兽回不了故乡。

一双鞍马鸣冤。
一对獬豸喊邪。

第二章 风吹永陵

它们咬住寂寞不松口。
呼应永陵门口的石狮,看守的繁华。

我真想把将军紧握的剑拔出,
携秋风唤蜜蜂共舞一曲霓裳。

在永陵神道,刺破满地落叶
翻滚的野心。

王建棺床

游龙,住进石棺。
龙爪风化成鸡爪。

白云,假寐,浮雕成浮云。
又被蹊跷染黑。

凤鸟,不鸣江山。
因为江山早已镂空。

万花落尽。唯有莲花自在。
灯光,走停的影子,皆不安定。

西域迁来的蚂蚁睁大了瞳孔。
二十四个乐伎全被欢喜凝固。

入破。像是喝高的酒杯掷地。
用高潮终结高潮。

十二个大力士并未抬起将军
生前的重量,和死后的悲壮。

御床零乱。如同太多故事拥挤的二维码。
我用手机微信扫描不出遗骸,隐匿何方。

出土的谥宝、谥册、哀册、玉大带
这最后一道圣旨,是悬疑电影幕布。

男女主角都没有露脸,
每年票房却宣告很高。

王建石像

他一坐下,石头就睡着了。
他和石头从此相依,为命。

如同雨抱紧沙,成泥。
如同叶落入河,成舟。

说好的千山万水,
说着说着就没了。

虚度一千一百年,至少
有四十万个白天是黑夜。

长明灯,再也无法点亮
战马替他跑远的梦,和睡眠。

永陵地宫的拱门,
是千万个声音拱起的门。

最大的声音,叫作成王。
最小的声音,叫作败寇。

"想当帝王的将军,
就得将帝王的军。"

"要不给史书留白,
就得让虚妄可靠。"

"哪怕每个字都被血染红,
颤抖,总强于空想。"

他这样说着说着也睡着了。
他的遗言,后来用来塑像。

他的模样不担心寂寞腐蚀。
因为路过的风都扭伤了腰。

王建墓冢

夯土砌成的梦不高,十五米。
砖石拉直的爱不长,八十米。

柏树密集,几乎让风无空子可钻。
那就弹琴。弹杜甫的潦倒与胸怀。

纵使诗赋被耽无用。
哪怕琴台被误终身。

还是要抚风,求雨。
还是要弹凤,求凰。

弹司马相如的求,酒烧喉咙的渴。
拨卓文君的爱,水煮鲜花的柔。

把爱送入弦中。
打出绵绵不绝的颤音。

把恨藏于袖口。
抹掉生死离别的悲音。

王建和花蕊夫人走散的路,
才会从声音与声音的缝隙钻出。

宫词里的宫廷很大了。
大小徐妃都小如花蕊,无妨。

我在王建墓冢转了一千一百圈。
无非是想弹开嫩草体内的春天。

神武殿

他一生的时间,都贴在墙上
我取走的仅是杀牛那一小段

我怀疑他杀牛的杀伐之心
比杀敌杀臣杀皇子更果断

因为杀牛,是亲自动手
他才能沾牛气,得神武,进西厢房

将军、皇帝,不过是他的伪装
音乐和舞蹈恰似他伪装的温柔

刀尖上舔的血那么多
神武殿,反而那么小

要装下一个庞大的国家
那颗小心脏怎么放得下

圣文殿

后主王衍给不识字的王建谥号:圣文。
这玩笑开得有点大,蜀国因此而缩小。

前蜀宰相韦庄,词填一壶,诗装一锅,
枕梦。更多场景,还是去浣花溪

从溪水中拾起一捆捆佳句,重修茅屋,
叩拜诗圣,明亮内心的迷宫。

晚走八年的王建前脚追上韦庄的后脚,
必是脸红,心虚,唱一曲故国虚度。

如今的东厢房哪有圣贤之文
超度刀山下的罪恶。

他饮过的酒水无名,
他打出的地盘虚空。

他的美人,他的梦,腐烂成泥。
他的灵魂,像秋风,无处不安。

难怪永陵圣文殿的门,一直虚掩,
只有讲解员在传说里,进进出出。

永庆殿

原先是一座陵庙。
用来给妃子、王子们静心,治家国。

旁边的抚琴亭,后来不断更换曲风,
曲解爱情,与变硬的肝肠。

一声声南无阿弥陀佛,
王建有求,贯休必应。

迷途或者歧路,叫作后主王衍。
永庆殿里的火,三洞桥下的水,因此不容。

好在古榕树入土很深。
包容了水与火的争论。

风吹永陵,吹散所有豪言媚语。
花蕊夫人的宫词上墙,又让墙壁慌张。

那些被虫咬烂的字,无心修行。
像断弦的箜篌,横竖难了旧事。

都安井

没有水,就是负心汉。
春雨,正在帮都安井洗冤。

它的心跳其实很好听。
过去叫都安堰,现在叫都江堰。

只是记忆生锈,速度快于铁锅。
很多秘密皆在地下失踪。

从笛孔飞出的鸟鸣尖锐。
误国的鲜花为何逢春常开?

"宫词太虚,守不住江山。"
"拍板太少,像竹篮打水。"

花蕊夫人在词里开的窟,浮华。
蜜蜂唱戏:王建只是她的一只。

还有更多蜂蝶,停泊
在流水落花处。

陶制井圈和木制亭柱,傻呆不语。
谁去水井捞月,谁就是一口深井。

平安钟

岁终。撞钟,便见雪落。
这天去永陵听钟声的人都白了须发。

王建的江山,且有一阴一阳,
钟声、梅花和雪却不分雌雄。

拿着平安符走出平安桥,
我发现雕刻家全部失业。

浮雕乐伎在永陵地宫表情复杂。
她们已快被风这个雕刻家掏空。

当风把天空越雕越亮,
灯笼变得无辜,无用。

要从平安钟抵达平安,只能放鞭炮。
把包不住的焦虑和悲伤皆碎成纸片。

然后吃老腊肉,喝鲜鱼汤,
让酒和更多欲望穿肠而过。

永平堂

三洞桥下,跑累的河水放慢了脚步。
秋风又把银杏叶剪落一地。

扫地的她,堆起一座秋天的宫殿。
微尘,金黄。汗珠,壮美。

永平堂,是一面不易察觉的镜子。
要借助阳光才能反射出这些欢喜。

紫藤花,银杏叶,和她,
在不同季节都找到归路。

我却还在花蕊夫人的宫词里,掂量徘徊。
像是迷失在宫殿里的吹叶伎,无叶可吹。

一张报纸字立不稳。
半杯茶水渐凉人心。

茶壶打太极。翻滚着一种声音:
花有花的生活,叶有叶的命数。

怡神亭

水的源头,是蜀宫宣华苑。
酒的初衷,要从昭仪李舜弦的诗中寻觅。

一池游鱼依偎在水草旁边,沉醉。
七秒之后就遗忘后主王衍,从哪里跌倒。

攀枝摘花的人,忽视花的闪躲,
至今双手空空。

钓鱼怡神的人,没有奢望鱼跃,
反而得到一桶欢喜。

在怡神亭,风渐渐改变了方向。
停驻九天,皆是聊天的成都人。

"正鼓欢欣是王建。"
"髯箠悲戚是王衍。"

他们聊到这两个故去的河南人。

一个实在如虎,一个轻浮如鼠。

晚霞亭

这里不卖晚霞,不卖黄昏。
只卖霓虹灯。

尤其是繁华迷离的时候,才卖。
他战战兢兢地推出小车,摆出秘密。

吆喝。这是他第二个孩子,
在文件打开之前提前出生。

摸旧的银行卡因此狠狠惩罚了他。
他便遗弃一亩故乡,让天荒,让地老。

红薯、土豆、厚皮菜养活不了他们。
他悻悻然来到城里卖烤红薯,做梦。

他不怕梦想在堵车高峰时段被挤破。
永陵晚霞亭隐蔽,可以屈身避难。

他说王建、花蕊夫人都不认识。

他只认识神出鬼没的城管大哥。

安泰榭

吹箫,弹筝,打拍子。
与夕阳相伴的人,不是卧虎就是藏龙。

只是意中人先躺下睡去。
他们奏的曲子多是落寞。

虎啸收缩成曲谱,卷成人间的高音。
无法高唱纸上的皇宫化为纸浆。

龙吟蜕变为低音,不再与河虾嬉戏。
从安泰榭,一直低到青草背后。

可是曲终,乐器不散,人也不散。
他们还在用手指收集皇家园亭的光芒。

唯一识路的铜马迎面而来,暖如故人。
只是这样的知音,太肥了。

骑马的侍女，在原地气喘，吁吁。
蹄印和脚印，重叠着晚秋的枯叶。

三洞桥

战国的蝌蚪,至今长不大。
王建的压力,大如磐石。

大在以前的蜀王都是神。
小在唐末的蜀王仅是人。

天上飞的,水里游的,地里钻的,树上爬的
蚕丛,鱼凫,杜宇,鳖灵,他们塞满了神话。

即使刘备的一双草鞋没有鞋带,
也是他在锦官城解不开的死结。

把芙蓉种植成一座城,
又是孟昶奏的交响曲。

在三洞桥边,有人在摇拨浪鼓,有人摇头:
永陵墓冢,像一只吹大的贝壳。

"王建信佛,蜀地礼佛的男子便多了。"
"王建爱乐,成都唱歌的女子又多了。"

我们爱张靓颖的海豚音,和李宇春的气场,
是因喉管里藏有一只神秘的大气球,顺气。

平安桥

不一定要从桥上走过,
我和你才能嚼出平安。

没有牛去吃桥边的草,
平安桥满嘴春色四溢,多安逸。

一夜春雨足够芙蓉花湿红蓉城。
这个春天,有人因此放下纠纷。

有人看似一尘不染,遇刺卡喉。
又急忙去医院输血,脉搏如鼓。

然而在平安桥不能吹太多春风。
多了,桉树会嗜睡,人会失眠。

牛肉面决定不能再吃了。
永陵女工新植的草如剑,让我心疼。

这是另一个剑门关。
不是王建的三尺剑。

二十四伎乐群雕

银杏树一再要求阴阳平衡。
去永陵喝茶的男女,先平分秋色。

藏身西安路口伎乐群雕的各种动物,
比如蚂蚁,又陆续抱团成家,取暖。

然而把王建的灵魂雕刻示众,
成都的子宫会分娩阴冷子夜。

抬棺床的人,遇到疑神疑鬼的人,
更会误认萤火虫是谥宝释放的幽灵。

要灭掉妄想,就夜读宫词。
她是唐诗的女儿,宋词的母亲。

字够甜,词够美。
月亮还是她用旧的另一件外衣。

二十四伎乐

温柔，惊艳，还给花蕊夫人。
二胡，理解不了蜀宫乐伎的不归路。

荒诞，淫乐，让给后主王衍。
我丢掉弹过的吉他，就是不想盗汗。

汽车脾气火暴，清晨扬尘起舞。
大妈学舞霓裳，只是壮观了广场舞。

> 永陵墓冢，曾被蜀地后人误为司马相如与卓文君定居的抚琴台，直到1942年考古发掘出土，才知是埋葬前蜀皇帝王建的永陵。
>
> 神武殿、圣文殿，实为永陵博物馆后建的西厢房、东厢房。永陵西东厢房取名为"神武""圣文"，源于王建死后谥号"神武圣文孝德明惠皇帝"。
>
> 贯休，唐末五代前蜀僧人，擅画工诗，被王建封为"禅月大师"。
>
> 都安井，永陵博物馆内的汉代民用井，此井因水源自都安堰（现都江堰）而得名。
>
> 怡神亭，原为前蜀后主起造宣华苑内的一个庭园，用于在亭中酣饮作乐。现为永陵博物馆的

复古建筑。

李舜弦，胡人，前蜀后主王衍御封的昭仪，擅长诗词。

战国的蝌蚪：来自成都三洞桥战国遗址出土的铜勺，勺面右边是鱼和蝌蚪形文。

三尺剑，来自王建《诫子书》"吾提三尺剑，化家为国"。

除王建石像、王建棺床、永陵墓冢、神道上的文臣石像，包括永庆殿、永平堂、二十四伎乐群雕等其他建筑皆为永陵博物馆后建，用于纪念前蜀皇帝王建和后主王衍。

二十四伎樂

第三章

舞伎一

她是油灯燃烧时的梦。每一次转身
都对闯入体内的鼓声过敏。

英雄奸佞均已到齐,她却还在
摇摆不定的火焰中,寻找意外。

像是利剑找人封喉。
又如枯花寻觅蜜蜂。

挤在缝隙里的风因为危险,而无形。
形同霓裳的云调试的夜色变得紧张。

蜀王举杯,用她的羞涩
和身子软下来的舞退兵。

酒是剑,眉是弓,红过夕阳的红
从她的脸蛋飞出。

舞伎

喧哗照亮的灯笼,鱼一样游走,
艳丽了五代宫词。

一千一百年太快。
只争一良辰。足够月亮后悔一夜。

如今脱落的表情,被时间偷走
她的身事和睡眠。

还有更重要的赶路人从虚无中赶来。
在月光照不到的地方,赶来。

比如闯进迷路的我。和她一样
不甘心困在石头里,没有出路。

舞伎二

她抬左脚,风吹过去。
你亮右腿,风退回来。

她比执着还要执着。拧。
你和对面的她对立。干。

酒杯邀来的明月,她一饮而散。
骑虎难下的将军,你拆台走人。

和尘对舞,直到沉默结冰。
和光跳舞,直到欢喜腐烂。

名垂千古,那是皇帝的事。
穿着可爱,哪怕领舞一个时辰也是妙事。

唱川剧的人,甩得出水袖,舞不出绿腰。
你用云手证明云环不是云,广袖藏玉肌。

舞伎

在敦煌,她让青山走进中国画。
在永陵,你让高髻高悬于石壁。

舞步,曲子,眼神,都是有想法的声音。
只是全被泥土埋葬。

收集这些声音的顽石因严重缺水而失声。
你的遗言:我只是住在石头里的哑巴。

琵琶伎

欢乐被淤泥淹没。
表情被秋风剥落。
你,横抱琵琶
拢,捻,抹,挑……
这些引领一个朝代的手影
最后是王衍弹指即破的梦。

螺髻,云肩,彩衣,罗裙
在永陵石棺之上
偶尔会跟着我的幻想纷飞
潜入浔阳江头那个傍晚,和白居易
细数,大珠小珠掉落玉盘的女子
易容,或转世投胎成不遮面的你。

至今看得见一只手按住了得意,
另一只手在泥水中忘形。
只是没有夕阳,替你完成黄昏。

琵琶伎

后来点亮的灯,反而点亮了颓废。
扶柱,按弦,拨弹春宵的你还在
惆怅《霓裳羽衣曲》已失传千年。

如果时间是一把可以回卷的长尺,
我想回卷到音乐自由的刻度,
着唐装,吟唐诗,让你重返荣光。
如果非要大醉才能让体内的水倒流,
我想灌醉天下人,
让所有的水回响,让你海阔天空。

拍板伎一

把火还给钻。再钻木,取出宫商角徵羽
另外五味火。
重新拍板一场蜀宫夜宴

得刀削面一样镇定,拍黄瓜一样自若
讲究酒消失的节奏。

万马奔腾的蹄印,用来红烧血
轻轻飘飘的细雨,用来清蒸鱼

让它们重叠。统一。变幻成上等的国运
和滚烫的家事。

我,一个用手调试宫廷欢乐的人
不敢让歌苦,
不敢让舞涩。

拍板伎

任何一个杂音，落下来，
皆是国破家亡。

木的坦荡终究自燃，击散成灰。
我的笑脸定然虚构，不来真情。

木板拍成拍板的名字，是手的决定。
也只有血性的手，
才认得出它的悲喜与虚实。

人未成精，石已成妖，活了一千一百岁，
仍然替代不了
我跟木有关的木讷。

拍板伎二

在菜板上,你能发现森林。
在旧书里,你能找到还活着的杜牧
或者咏拍板的朱湾。
在永陵石棺上,我只是一个石塑的拍板伎,
尽管从唐诗宋词里经过,依旧寂寂无名。

我的停顿,我的遗韵,我的右手拍的拍板,
因为石头深刻,和春风浅薄,混淆,
而模糊不清。
战场上头破血流的人早已在泥土下和解。
蜀宫夜宴上争风吃醋的人也被雨水遗忘。

现在还来看我的人,不要奢求
从拍板上看出红木或者紫檀、花梨。
我的表情,就是我的故国。

如果还有人来认亲,请从长安到益州,

拍板伎

打马而来。

因为西安到成都的高铁或者飞机,抵达不了我给蜀王王建陪葬的拍板之音。

弹筝伎

不是双眸。双眼皮才是一把剪刀。
曲子里的秋水正是它剪断的皇城。

一滴滴相思,汇聚于她
剥葱的手。

把白居易的恨送入弦中,
十根手指再也不能移走
秦筝上的千古愁。

茶,因热而凉。屋,满了又空。
落叶没有返回树枝之前,
落音只能用来填补寂寞。

十三弦,每根弦都紧绷于眉头。
她,仿佛在喝药,又像在呵斥
一缕缕苦涩纠缠的气流。

弹筝伎

这个秋天,有人在酒后失踪。
有人在听古筝曲,祛寒散热。

石头渴死的陈词滥调。她说
唯有月光可以重孵一曲清音。

在永陵棺床按停喧嚣这个弹筝伎
不再讨论江山,和马蹄印
被秋风吹乱的伏笔。

吹笙伎

把凤鸟的翅翼收拢,成笙
不只是曹操好这一口礼遇
前蜀皇帝王建和他的儿子王衍也爱
在晚秋点火取暖,炙烤笙的寂寞
用声音吹出花团
用指纹织出锦簇

尤其是落日余晖
把一条护城河铺成后宫以后
从笙里跑出的歌,与词
处处可见半江瑟瑟半江红
金板之上夜夜是三千佳丽金口玉言
里应外合满城芙蓉花香挡不住的欢

暗夜只是一人鼓起的腮帮子
千里之内却无人不照此效仿
一个将别人之军的将军入蜀称王

吹笙伎

绕不开我的绕指柔

剥落的美人笑

与英雄泪

石头里住着的王被不明的凤鸟囚禁

今天的明月已无法照亮他的锦绣梦

浮雕上坐着吹笙的我从容

只需轻轻一吹

就可以吹醒一个音乐古都

盛大的喧然

铜钹伎

供养信仰。不需要一千铜钹
同时撞击
拥挤在同一间庙里的不安。

乌云早已崩溃成雨。
游鱼只是暂时失明。
敲木鱼,打铜钹,都清除不了
太多人内心的淤泥。

大王叫我来蜀宫,助兴,安抚
一个人血管里躁动的千军万马。
两片铜钹足以

嘹亮慈悲之心。必须下深水
捞出丝绸走过的路。
我用芙蓉花开的声音鸣响的铜
与人去鸟散的踪迹,才不至于

铜钹伎

背道而驰。

酒杯喝醉的酒,硬了肝脏。
长蛇蜕掉的皮,厚了执念。
当它们被我用铜钹击打
为同一种暗器,
石头上的风痛了一千一百年,
我生的锈便痛了一千一百年。

觱篥伎一

护送一首曲子走过千山万水
这根觱篥的管子
曾经空出三百年的空旷
给唐以及五代前蜀的王
在暗夜里豪饮豪情
或者独酌绝望

如今这根管子在我手里
从木头变成石头又是一千一百年了
我的王,蜀王王建
他绝世的豪情早已腐烂
我仍然睡不着,一直紧按漏孔
让前来请安的风尽量不跑调
让石头的理想撑住高凸的腮

因为蜀王之死
定了一个悲伤的音调

觱篥伎

换道服为袈裟
换唐装为现代时装
不论时代怎么替换,都改变不了我
最初那颗吹断肝肠的心

赞歌,就让那些幸存的城墙去唱吧
一个未看见海枯也懂得石烂的女人
从生到死,只有一个主题:哭
龟兹是我回不去的故乡与故国
消失的觱篥唐音只能归还
给消失的丰乳肥臀,和乱
效颦的人按不住那一曲衰老的哀歌

觱篥伎二

芦苇嘴里含着千里秋风。
竹子体内藏着一座皇宫。
它们都没有释放这些,
人看不见的风景。
是因无人会吹芦苇或者竹子
幻变的唐制觱篥。

当雾霾集结,天空越来越低,
我更坚定:
爬不上山的月亮,病在缺钙;
隐去身影的星辰,源于缺爱;
漂浮不定的尘埃,无雨可依。

在永陵,我试着放慢脚步。
闭嘴。
捂耳。
让鼻暂停呼吸。

觱篥伎

让鞋听不见脚的落地声。

不惊动西域迁来的蚂蚁。

把幽静还给幽静。

把声音还给声音……

此刻永陵棺床西四的觱篥伎

在吹羌音。

我不能是受惊的马。

我怕后面跟风的人,

听到马鸣一哄而散。

甚至找不到回家的路。

可是觱篥伎手上那九个孔,

已漏掉觱篥是觱篥的证明。

我只能在 KTV 证明:

被黄沙掩埋的曲子无迹可寻,

从唐诗中走散的歌五音不全。

吹笛伎

带一支竹笛去永陵,我的心
突然一阵急速跳动
石棺再也关不住吹笛伎的悠扬笛声
王维,王昌龄,李白,杜甫,还有花蕊夫人
纷纷闻声赶来
指认各自的短暂人生

和尸体横躺的姿势一样
所有的笛,都要横着吹
脚下的草,才会摇出不同时代的悲音
可我并不想收拾
这些诗人一地狼藉的盛名
以及他们破碎在诗词中的命运

身后每一座高楼都在折叠过去的时光
把衣服穿旧的悲欢离合深埋于地下
即使散落在永陵的草,全是断肠草

吹笛伎

我也不想再说破衷肠
毕竟给前蜀皇帝王建吹过耳边风的女人
也给后宫填满一摞宫词,供给后人

这个手指灵动的吹笛伎
曾经按停整个蜀国的欢笑声
她的使命
她的手法
她的沉默
不只是一千一百年,就能散去的胎记

吹叶伎

衔叶一啸。满城银杏树纷纷放下屠刀。
躺在纸上的字,突然站立起来,
异常陡峭。

锁在深宫的寂寞,一一落下来。
很快被闻声赶来的马蹄,踏破,捣碎。

一地繁华,从此被碎石拆分。
石棺之上又裂开新生的灵魂。

在永陵,前蜀皇帝王建的江山早已崩塌。
这一次穿堂而过的秋风,只能吹向虚空。

她的唇语,要用叽叽喳喳的鸟语解释
不明来路。
要是停不下来,就让天空也长满雀斑。

吹叶伎

我站在杨柳枝下,白居易的诗歌旁边。
一个下午,竟然没有一个可靠的古音,
从嘴唇调出来。

我的不安,是微弱的光构成的吹叶伎,
被暗室冰冻的口哨,
越来越模糊的表情。

吹箫伎

在永陵，用秋风辨色，声音会亮出颜色
面前这个负责传神的吹箫伎
之所以底气十足
就因为十根竹管传出的锵锵声
色黄，有时像牙齿反复撕咬新疆
那条比丝绸之路的丝还劲道的馕
有时像童年的舌头，饥饿分泌的糖水
若虚若幻，却又实在
是口含艰辛

那得意的黄，既是麻婆豆腐刚出锅的模样
也是成都金堂一带石头的皮肤，反射之光
更是一度挥金如土的前蜀皇帝王建
一生最亮之色
纵使抬进墓穴棺床，处处也是黄土相认
这如歌如泣的箫声
果真是秋风中排山倒海的竹

吹簫伎

打断他的骨,击散他的血与肉、魂与魄

还黄于河

他的黄河,我的黄河

都是乐伎手中的排箫

翻滚的声响,畅快而苍凉

徐悲鸿画的箫声,尽管是单管也在做证

丛林,入夜即黑

所谓的箫声、气流和飞翔都是黄色调

给人间的预警

具体在永陵,吹箫伎就是那页枯黄之书

满地银杏叶则是我和秋风停下来的证词

吹篪伎

无埙合声,横陈的篪就是病入膏肓的传说
所谓的蜀宫乐舞
与繁华,
早被石头上千疮百孔的音孔
漏斗一样漏掉。

在永陵,一千一百岁的吹篪伎
用面目全非证明时间是妖。
再说小嘴一吹,快马健儿不如老妪
吹篪。我不信戳穿成语的矛,
还能用一滴泪水停盾,止戈。

永陵周围的河,瘦成中规中矩的教科书
很多年生了。
再大的秋风,也无法从水面推开顽固
和我的排比句。

吹篪伎

吹笛，吹箫，吹牛……
我尝试让所有的竹子把姿态放低一点，
甚至比天下最低的音符还要低，
却依旧是痴成不了箴。

整个国家的陶土，还在不断指竹为兄，
或者指竹为弟。
我因此原谅了许多认贼作父的人，他们
不过是错放一时的不安，无垠一生的箴。

箜篌伎

芙蓉想开花就开了花,可这花开的声音
却被一场叫作二十三弦的秋雨
打湿。

午后的睡眠因此而泡涨,来不及清醒
这个世界上最小的国
——家
又被草率的蛋打破。

溅起的弦外之音不过是长明灯
熄灭之后,还有锤子敲打念头
吱吱的回响。

在永陵地宫,石刻的箜篌伎也是一剂药
我轻轻一闻,那些喝醉的名字
都清醒了。

箜篌伎

只是满室阴森,偶有秋风把明亮灌进来
并不足够驱散王建和他的妃子们
飘忽不定的魂魄。

人间的筌篌只会高弹瓦全,轻拨玉碎
这石棺低处的筌篌看似不动声色
我每次射去的目光竟然都是蜀桐
磷一样燃烧,那本名叫碰巧的书。

羯鼓伎一

三洞桥下的水是一面羯鼓,用双手夹击
雾就钻出来喊冤:
从雾中溃散的川剧如果还叫川剧
那么从袖口甩出的水还叫水袖,
就是铁得了绝症,执着生了锈。

皱纹里变脸,口水里吐火,头发里滚灯
这些绝活,看过一遍
父亲就被后台的边鼓,击落的一声帮腔
喊成了爷爷
他的应答,是崭新的白纸
包不住空旷的时间

秋风急,再急,也掉不光一棵银杏树
不断滋生的黄金。
把这一地金黄踩进永陵地宫,可以幻想
战马从羯鼓紧绷的皮上跑出蹄声。

羯鼓伎

可以把这个羯鼓伎膜拜
为号令所有声音的将军

有的是急雨打芭蕉,就让风也痛一阵子
李龟年不急,唐玄宗不急,花蕊夫人不急
用耳朵识字用刀剑认谱的王建
更不急这一曲胡乐
在石棺之上,过了时,失了传

羯鼓伎二

我一次次，等
银杏叶落满一地，
再走进她的幻想。
像单枪匹马闯曹营的赵子龙，远远地
看着她，单手击打鼓面，两腮通红。
对面一身白袍，骑马归来的人
就不再是蜀王。

可是打破凉意的雨水不这样想，
昏睡在围墙里的黑夜也不这样想，
双目不断放出闪电的蜀王更不这样想。
在永陵地宫走神的我，甚至把手伸过去
拉扯一种执着，
还是拯救不了
困在石头里的她，和她风化的音符。

其实，我比灯火顽固。

羯鼓伎

我使劲用脚踩出的影子复制记忆

等银杏叶又落满一地，看着她

单手击打鼓面，两腮通红，直到时间凝固。

吹贝伎

吹的那支法曲离开海螺,
追随者跟着呜呜声走远。

丝绸遗忘的路,
衣锦无法还乡。

内心新生的疑惑,再掏空一次。
我把空出的地方,重新叫作贝。

还是没有记忆可以拧紧她凌乱的身体。
也没有一种水可以洗掉我手上的罪孽。

在永陵,石像因为多次沸腾而溃烂。
吹贝的人,牙关在风化中咬得更紧。

爱与恨,情与仇,一一被时间磨平。
我的双唇,渐渐成为无声的磨刀石。

吹贝伎

她不是贝多芬。

我不是贝勒爷。

她不是花蕊夫人。

我更不是蜀王王建。

她漫长的静止,最多修炼一个瞬间音。

我漫长的沉默,只能稳定这个瞬间音。

正鼓伎

灯笼挂满一城枝头，汤圆刚刚下锅。
这个在正月里沸腾的元宵，最适合
打正鼓。

宅在家里，就用勺子，或者擀面杖打
锅、碗、瓢、盆
这些循声而来的亲戚，都会鼓舞欢欣

出门在外，就直接用手
一鼓作气捋出流水的所有胡须
响应万物
那曲春生……

当风的边鼓敲响永陵，那些寂寞的墙砖
又快把春天搬走一半。
石头上的正鼓伎看似偃旗息鼓，
其实暖如故人。

正鼓伎

一千一百年雷鸣一闪而过。
一小粒雨水的骨头最难忘。
时间追打时间,
那个上气不接下气的鼓点。

和鼓伎

把风拉直。用绳子
把疯狂的马鸣拴紧
绑在树桩。

在心里打鼓的人
重新选择的安静
不是和鼓的休止符。

你眼高,我手低。
你眉毛轻,我疑心重。
你哭城墙,我笑城墙不会哭。

我唱这样的反调
无非是因为和鼓,习惯在正鼓旁边
吹枕边风,敲耳边鼓。

从和鼓两面取走

和鼓伎

属于自己的欢乐,太容易了。

难的是把一生紧绷的苦

都蒙在鼓里。

齐鼓伎

永陵路边,有人在打退堂鼓
用带着咸味的鼓声
送另一个人去那个叫永远的地方
一生起伏的事,需要最后的一锤定音
手起杖落在鼓面
才能终结他留给人世的旧账

在永陵石棺,齐鼓伎也是这样
给前蜀皇帝王建送终
只是她打出的声声慢,被时间凝固
无数人提着希望赶来
就想抱紧这种鼓声,争个雌雄
论个黑白,哪怕握着失望返空

鼓面,人面,手面,处处是秋风
割破的伤口
用再多的诗句去缝补也于事无补

齐鼓伎

与我共饮千杯失意的人
大多腰缠万贯冤屈,又懒得击鼓鸣冤
因为旗鼓相当难以重整

面对永陵这个寿终正寝的齐鼓伎
我从心里打出的鼓点,一直零落不齐
因为她执杖击打鼓面
这个瞬间,像只尖嘴大鸟
叼走盛唐最后的古音
和我寄存在静脉血管里的激动

答腊鼓伎

阳光把猪的尖叫拧干,就是腊猪油。
绳子把松弛的神经勒紧,就是答腊鼓。
不用鼓槌,用手指轻轻一击,
冰雪裹紧的春天就破壳而出,
声震九重天。

用声音擦亮人生的人,是答腊鼓伎。
用无声招蜂引蝶的人,也是答腊鼓伎。
最先把那条丝绸之路走旧,
最后不得不埋掉名字,隐去尖锐与急促,
就因烈火烧身,人无完人,马无完马。

这么多年,身体里的鼓和焦虑长期紧绷。
我用手指揩打过的忠诚,都是这样的鼓。
每次从肩胛骨溢出的酸痛,都擦拭不尽。
把酒不当酒来喝,把梦睡成无数个梦,
把呼噜声当作药,醒来都是水做的梦。

答臘鼓伎

在永陵石棺，我乘坐一只装满梦的船，

去温暖身体冰冷的答腊鼓伎。

猛然发现风，还在修改飘浮的鼓声。

而她却不再响应那一曲，

雷从天上打的鼓，人从人间和的声。

毛员鼓伎

双面拍打秋风
昙花急着绽开
又急着把秋风和自己哄睡
毛员鼓伎，似乎习惯了
睁一只眼看淡一截历史，在石头上隐去
闭一只眼任凭落地就散的月光
从来路撤离

点亮灯，就延长了黑夜
我，要是前蜀皇帝王建
也会这样把时间懒下来
让千里花香捆紧三千佳丽的小蛮腰
用一壶酒推翻狼烟，和不安定的夜色
用手指点秋香，而不是江山
摇摇晃晃，有节奏地摇晃出
姓唐名朝的鼓声

毛员鼓伎

只是这样的鼓声昙花一现就腐烂成灰

飞不动的鸟也在石头上，溃烂

回避一个人停止的心跳

我还是要在心里打鼓

从阴冷的地宫伸出手

因为抚过棺床的手，才是援手

哪怕有一点点让人毛骨悚然

靰牢鸡娄鼓伎

此刻,急雨如箭,乌云抱团成鼓
像她的右手,击打的鸡娄鼓
满地都是一声响雷
击落的群鸟的飞翔
被秋风吹软的石头,在永陵棺床
有再多的话也说不出口

她的左手还在用靰牢纠正前蜀崛起的神话
和灭亡的真相
我随手带来的拨浪鼓已难寻
千年之前的声音跌落的去向
我只能用三洞桥下三股水波反复推敲鱼背
游弋的梦想

十万支箭足够遮天蔽日
一只鸟翼能够避开夹击
即使落在纸上,也很幸运

靴牢鸡娄鼓伎

站在摇靰牢鸡娄鼓乐伎前的我

原本想敲前世鼓,鸣今世钟

却只能蒙在鼓里,传说中的鼓声里

第四章 群英遣興

诗与史的
精神对话

读彭志强诗集《二十四伎乐》

张德明

彭志强近些年一直在尝试做一件事,那就是用新诗演绎古代历史和文化,2015年以来接连出版的《金沙物语》《草堂物语》《武侯物语》《秋风破》等几部诗集,无不反映着诗人在此方面的积极探索和不懈努力。诗人余秀华曾评价《金沙物语》说,彭志强的创作使"诗歌又多了一种功能:让过去的历史重新说话",这是很有见地的。确切地说,在彭志强这里,过去的历史"重新说话",用的是新诗这种特定的"说话"方式,并且历史也不是在自说自话,而是与当下现实、当代人进行持续的精神对话。诗人最近创作的《二十四伎乐》,即是他在诗与史之间展开文本交流与精神对话的最新成果。

诗集《二十四伎乐》由长诗《将军令》、组诗《风吹永陵》和《二十四伎乐》三个部分构成,在这三个部分中,诗人分别对前蜀皇帝王建传奇一生、中国首个地上皇陵永陵以及唐末五代前蜀宫廷乐舞进行了解密，既展示了古代历史中独具诗性特色的一面，又让人在远逝的过往里窥探到曾经岁月的芳华，咀嚼历史烟云的余韵，并启迪人们用历史来映照当下，从而获得更为丰富而新鲜的现实认知。

用新诗这种现代文体来演绎古代历史，并非一件轻而易举的事情，因为新诗的现代性指涉与古代历史携带的古典性精神特质之间，有着不小的抵牾与隔阂。不过，历史总是多义性的，这意味着历史与现代之间并非势不两立，而是存在着沟通和对话的极大可能。为了成功实现诗与史的精神对话，彭志强合理采用了几种行之有效的表达策略，首先是以现代人的眼光和思维解读古代历史。如述前蜀皇帝王建少时"盗驴"事："暗疾，来自一次盗驴。/月亮是他的作案工具。//听说有人在白天指鹿为马，/他就偏偏在夜晚读鹿成驴。//贼，这个字，他并不认识，/更离心脏很远。//有黑夜这件宽大的外衣掩护，/顺手牵驴，心虚，却不虚空。//英雄多是自寻出路。/日出之前，他得完成正常的心跳。//因为一日三餐，锅里碗里瓢里/全靠这只驴来拯救失眠的盐。//偷别人的驴，让别人无驴可吃。/他用盐的无辜发明另一个无赖。"（《盗驴》）诗人将王建小时的无赖成性解释成"读鹿成驴"，解释成并不认识"贼"这个字，还说他"偷别人的驴，让别人无驴可吃"，这些都是现代人的机智与幽默在解读历史时的灵活体现，生动折射着诗人审视历史时的现代眼光与思维。在《二十四伎乐》这部诗集里，体现现代人机智与幽默的词汇与诗句比比皆是，几乎可以说，以现代机智和幽默重述古代历史，一定程度上构成了彭志强诗歌诗意生成的某种内在机制，这种内在机制，也处处凸显了诗人解读历史时的现代视野、现代眼光和现代思维。

意大利美学家、历史学家克罗齐有句名言："一切历史都是当代史。"这句话提示我们：当今天的人们重返历史、重读历史的时候，是可以从历史中发现它与当下的对应关系，挖掘出历史素材中潜藏的当代价值的。在古代历史中寻找和发现当代意义，也构成了彭志强在《二十四伎乐》中重释历史、进行诗史对话时的基本着力点和重要思维指向。在《近水》中，诗人写道："近朱者赤，就在于近。／赤红捷径，是朱砂繁衍的近水。∥近墨者黑，也在于近。／黑夜这个大砚台，是墨汁磨出的近水。"这就是对一段史实的感叹，也是对一个成语的现代赋意，同时也警醒人们：要与那些是是非非的东西保持适当的距离，否则就将受其浸染，污毁自身。再如"花蕊夫人在词里开的窟，浮华。／蜜蜂唱戏：王建只是她的一只。∥还有更多蜂蝶，停泊／在流水落花处。∥陶制井圈和木制亭柱，傻呆不语。／谁去水井捞月，谁就是一口深井。"（《都安井》）"我却还在花蕊夫人的宫词里，掂量徘徊。／像是迷失在宫殿里的吹叶伎，无叶可吹。∥一张报纸字立不稳。／半杯茶水渐凉人心。∥茶壶打太极。翻滚着一种声音：／花有花的生活，叶有叶的命数。"（《永平堂》）……都在历史的本事述说之外，还能延伸某种弦外之响、言外之意，从而挖掘历史对现实的启迪价值。

《二十四伎乐》是对历史的诗意读解，但诗人述说历史时的时间设置，并不是简单的、一维的，不是将时间维度一味局限于古代，而是多维的、立体的，是在古代与现代的双重时间维度中随意穿梭，自由往来。历史与现实由此产生了频繁对话和交互作用，诗歌的意义空间和人文景深也得到了全方位拓展。在我看来，诗人对时间所做的如此设计，是不乏深意的。我们知道，历史总在不断流变，历史剧中的人物也如走马灯般在不停更换，但有些东西是不变的，比如人类喜怒哀乐的情感经验、人类为欲望和期待所纠缠的心灵世界，这些总是在历史的风云变幻中一以贯之的。《二十四伎乐》中，诗人有意要在古今交互的双重时间维度中来重述历史，正是为了借助古与今的多把尺子，立体地丈量人类情感的幅域和人类心灵的深广度，有力地塑造人类精神空间。如《琵琶伎》《吹叶伎》《吹笛伎》《吹箫伎》《吹贝伎》等诗，诗人既述这些伎乐工原有的工作情貌，又想象她们曾经的宫廷生活，同时也描绘她们留给今人的历史陈迹，显得格外丰富而立体。在古今的互照与互释之中，借助对古代宫廷的伎乐群像所做的精彩演绎，诗歌对人类情感世界与人类心灵空间加以艺术的呈现，余音绕梁，蕴意深远，给人不尽的咀嚼和回味。

作者系文学博士

岭南师范学院文学与传媒学院副院长、教授

南方诗歌研究中心主任

王者之心与
伎乐之魂的诗意复活

读彭志强诗集《二十四伎乐》

杨然

"成都的诗人太多了！真是林林总总，根本没有时间和精力在研读上面面俱到。"王学东先生在编辑《文学成都》时，深有感触地对我说了这番话。我也有同感。就当代而言，成都诗人遍布东西南北，真可谓数不胜数，要全部认识他们、结识他们，是不可能的。但若从中报出有品牌有品位有品质的诗人姓名来，倒可以办到，因为能达到这种层面的诗人为数不多。彭志强就是其中一个，最近读了他的诗集《二十四伎乐》，这个判断就更加充分有力。

阅读他诗集的第一个感慨，是得王者之心，得当今诗篇，他复活了一代蜀王的丰满形象。

被蜀民代代传说至今的前蜀先主王建，当年是卖大饼的。如果满足于此,他将终生拥有一个"巴掌大的国",诗人深入帝王之心,深得其中奥秘,"我不敢小瞧那些卖不完的饼,/一炉炭火也是迷人心魄的舞"(《舞阳》),那是"麦子摇晃的辽阔落魄",他通过"舞剑",舞出了蜀国。

诗人窥见了帝王胆识。深受蜀民敬畏的前蜀先主王建,当年是个屠夫。"深山里,古寺旁,钟声撞了又撞。/又肥又大的钟声最易撞破胆识"(《杀牛》),真是不破不立,"先是云雾破,接着屠刀破,然后/是香火破,他不认识的经文破",他的蜀国云开日出。

诗人揭了帝王的短。前蜀先主王建,当年是个贼。"偷别人的驴,让别人无驴可吃。/他用盐的无辜发明另一个无赖"(《盗驴》),活脱脱一个中国传统国君成长史缩写,好多了不得的大帝,都是从草根茁壮成长的。

诗人对帝王当年的仕途知根知底。"从列校、都将,到随驾卫将军/只有忠于皇帝,才是得月近水"(《得月》),唐僖宗命令十军观军容使田令孜收王建为养子,开启了前蜀王从此开天辟地的通途。而诗人通过自己的诗篇,也着着实实当了一回心照不宣的另一个蜀王。

"问道青城山",原来是从王建开始的。"偏偏王建信鬼。/青城山,从此多了一条上清道"(《问道》),所谓得道者多助,"既能帮他走出一条霸道,/还能助他一步登天成仙",没有宗教信仰的帝王,不是完整的帝王,诗人把前蜀王的精神底火也给抽了出来。

诗人已然成为前蜀王在当代的化身,他也栽了进去,"他一坐下,石头就睡着了。/他和石头从此相依,为命"(《王建石像》),他的诗篇因此令我着迷。"说好的千山万水,/说着说着就没了"。我甚至想,下次见到他,说不定我会称他为"吾王",他把石头上的王刻画得入木三分,"他的模样不担心寂寞腐蚀。/因为路过的风都扭伤了腰",年纪轻轻的诗人,是谁叫他如此老到?除了"吾王",无法可想。

成都号称芙蓉城,"是因为五代十国后蜀时期芙蓉花大规模入主成都城"(凸凹语)所致,归功于另一个也叫"花蕊夫人"的丽人。

"在永陵,我从宫词里掘出/花蕊夫人的红粉背影"(《宠花》),诗人淘宝得来的这个,是"第一个"花蕊夫人,"给这枝最媚的蜀葵/重新命名:一丈红"。"别人一丈之内是夫,/她一丈之内却是王",很厉害的,因为她是古代著名的女诗人。"成都的蜀葵从此多了,/一些小说的色情情节",这是诗人彭志强的强项,他同样爱花。

成都是中国的文化名城,休闲之都,在这方面,王建起了莫大的划时代作用。在他的治理下,百姓休息和倡导文化有了显著改观。他虽然目不识丁,但礼遇文士,"好与书生谈论"(司马光语),重用文人。古代的"文化成都",在他的治理下,日月可鉴。

"后主王衍给不识字的王建谥号:圣文/这玩笑开得有点大,蜀国因此而缩小"(《圣文殿》),"圣文",这既是开玩笑,又不是开玩笑,这是历史的认同。诗人有感于大老粗荣获文化圣人称号,叹息的是比"圣文"更高的"国运","他的美人,他的梦,腐烂成泥","难怪永陵圣文殿的门,一直虚掩/只有讲解员在传说里,进进出出",诗人在乎的,依然是"吾皇"之心,特别是,没文化却格外重视文化的"吾皇"之心,留下多少故事,流传至今,比"国运"更多耐人寻味之意义。他的宰相韦庄,"词填一壶,诗装一锅/枕梦。更多场景,还是去浣花溪",今天的当代诗人彭志强更在意的是"重修茅屋/叩拜诗圣,明亮内心的迷宫",《圣文殿》的真正光芒,不在殿内,而在殿外。

我阅读彭志强诗集的另一个特别感慨,是获伎乐之魂,浮诗意之美,他已然成为唐代器乐的代言人。

诗人坠入《二十四伎乐》,宛若芸芸歌舞女子魂魄附体,他已经成为她们当中的一分子,把她们从石雕浮像上请下来,重返人间，将无声还原有声，以有色赋予无色，复活了她们的情幻意梦，艺术之身，终有招魂之人，彭志强沉迷进去了，绘声绘色。

"她是油灯燃烧时的梦。每一次转身 / 都对闯入体内的鼓声过敏。// 英雄奸伭均已到齐，她却还在 / 摇摆不定的火焰中，寻找意外。// 像是利剑找人封喉"（《舞伎一》），诗人也在找人，"还有更重要的赶路人从虚无中赶来。/ 在月光照不到的地方，赶来"，诗人迷恋上了其中一位女子，多好的期待，"只争一良辰。足够月亮后悔一夜"。"闯进迷路的我"，以这种人人都能心领神会的执着意图，诗人在舞伎丛中"乐布诗蜀"。

诗人深知舞者的心事。"名垂千古，那是皇帝的事。/ 穿着可爱，哪怕领舞一个时辰也是妙事"（《舞伎二》），仿佛他跟那个"舞伎二"交往甚密。"至今看得见一只手按住了得意，/ 另一只手在泥水中忘形"（《琵琶伎》），诗人对弹者的得失心领神会。他笔下的《吹笙伎》出神入化："绕不开我的绕指柔 / 剥落的美人笑 / 与英雄泪"，宛若当代另一个白居易，他对乐器的表达意境了若指掌。

他对《鞉牢鸡娄鼓伎》格外体悟。"被秋风吹软的石头，在永陵棺床 / 有再多的话也说不出口"，因为"她的左手还在用鞉牢纠正前蜀崛起的神话 / 和灭亡的真相"，这样的体悟，在他的器乐诗篇中，比比皆是，总有意象凸显，绝妙蜂拥。

诗人醉心于他的"诗意解密"工作，通过各种细节和情节，向我们展示了或陌生、或听闻、或罕见、或惊异、或意趣横生、或自相悖论但又蜕变悦人的种种王者之心的繁复透射、皇陵之身的层层叠叠蒙太奇和伎乐之魂的灵动演绎。诗人完全融入其中，成为蜀宫乐伎们不可分割的组成部分，以冷静思维替她们述事，用幽默剖析为她们记情，并以参与者和旁观者的双重身份在评判中还原她们应有的真切抒情、发自内心底层如在眼前的自在歌吟、任其嬉笑怒骂随性而发观感附议，凡此种种，情态万千，事由缘多，皆被诗人悉数纳入诗意定格，篇篇奇妙、曲折，常常意外而句句闪烁，令人阅而忘茶，伏案多思。

尤其是，综合了野史文化和正史文化于一生的前蜀高祖王建，以其"隆眉广额、龙睛虎视、机略拳勇"而将饼师、杀牛、偷驴、贩卖私盐、"贼王八"等无赖之徒轨迹与从军自求豹变直至成为前蜀之王等王者传奇集大成于一身，深重了诗人演绎的负担，但也成就了诗人诠释的丰满。在诗集《二十四伎乐》中，千余行长诗《将军令》通过故土、烙饼、杀牛、盗驴、贩盐、借条、土葬、逃亡、访古、品蛇、马腹小蛇、官拜将军、赐御衣、亮剑、兵扼剑门、色诱、进爵蜀王、赋敛稍损、崇信道教、重视佛教、公主出嫁、花蕊夫人、管控茶叶、宫词、永陵等章节，将前蜀皇帝王建传奇一生"拥戴"在独特的诗篇名下，成为全书最为掠人心魄的层层看点。

前蜀皇帝王建复杂而引人入胜的"事迹"与他的归宿之地永陵

和唐代宫廷乐队"二十四伎乐"密不可分，诗人通过神道、棺床、石像、墓冢、神武殿、圣文殿、永庆殿、都安井、平安钟、永平堂、怡神亭、晚霞亭、安泰榭、三洞桥、平安桥、伎乐群雕等，将中国首个地上皇陵永陵复现于可读可感的现代诗篇，通过《二十四伎乐》将五代前蜀宫廷乐舞婀娜多姿推到阅读者眼前，使其由内而外、由表及里纷繁迷离在诗篇中，活灵活现，其场合细节令人眼花缭乱，而情景思绪又让人目不暇接。

诗人的才华和灵感总是自始至终凭着坚实的内敛体验和张扬的跋涉历练融为一体的。运用沉迷其间的感知感触、层出不穷的形态分解和可亲可信的演绎释放，他把支配内涵丰富而行为多端的王者之心与主导场景曼妙再现以及歌舞意趣纷呈的伎乐之魂都神形如初地、诗意地表达了出来。这种表达是有难度的，尤其纯粹以个人直觉和想象全程左右其所有篇什制作，稍有闪失，他的修复与重现意图就会受到不同程度的磨损。他做得恰如其分，得体，没有被我们的篇篇阅读拒绝，因为他包容了我们多元层次的心灵需要和来自各个方位的审美分享企图，他的每一篇诗章都堪称可读、耐读和回读佳作，实属奇思意妙的纵情抒写。

彭志强是当代成都诗人，中国诗人，在另一个特殊意义上讲，他也是一位"唐朝诗人"。我有必要在本文结束时去做这样一个梦，梦见他请我到成都喝茶。我去了，途经三洞桥，那地方，我熟悉。一位袖口油光光的老屠夫步出园门，"朕心甚慰",就像等来韦庄一样,把他迎了进去,园内伎乐莺歌燕舞徐徐展开。我被挡在了门外,抱着一大堆书,那是他的《二十四伎乐》,就像当年抱着《秋风破》,好在我还有自知之明,默然掉头,虽然心事重重,但也义无反顾,毅然决然,重返乡下……

作者系成都市作家协会副主席
邛崃市教育学会会长

箜篌伎

彭志强

芙蓉想开花就开了花
午后的睡眠因此而泛滥
来不及清醒
这个世界上罗小的囤——家
又被草率的声音打破
溅起的弦外之音不过是长明灯
熄灭之后还有锤子敲打念头
滋滋的回响

在永陵地宫
石刻的箜篌伎也是一剂药
我轻轻一闻 那些喝醉的名字
都清醒了
飘忽不定的魂魄

此是满室阴森
偶有秋风把明亮灌进来
并不足以够驱散王建和他的妃子们
人间的箜篌伎会写弹瓦金
轻撒玉碑

这石棺低雪的箜篌者似不动声色
我每次射去的目光竟然都是蜀桐
碎一样燃烧
那本名叫碑巧的书

岁次戊戌六月初十日於
西蜀竹庐 德淳

琵琶伎

彭志强

欢乐被游涯淹没
表情被秋风剥离了
你横抱琵琶

撩 捻 抹 挑
这些引领一个朝代的手影
最后是王衍弹指即破的梦

螺髻 云肩 彩衣 罗裙

在永陵石棺之上
偶尔会跟着我的幻想纷飞
潜入浔阳江头那个傍晚 和白居易
细数 大珠小珠掉落玉盘的女子
为容 或掩世授胎成不逐面的你

至今看得见一只手按住了浔意
劳一只手在游水中忘形
只是没有夕阳 替你完成黄昏
后来照亮的烛 反而点亮了颜癒

挟柱 拨弦 撩弹春宵的你还在
惆怅霓裳羽衣曲已失传千年
如果时间是一把可以回卷的长尺
我想回卷到音乐自由的刻度

着唐装 吟唐诗 让你重返荣光
如果非要大醉才能让体内的水倒流
我想灌醉天下人
让防君的水回响 让你海阔天空

戊戌仲冬 德淳书

彭志强的诗《琵琶伎》 题写：姚德淳